KB211164

반짝임을 너에게

Part 01

달콤한 낭만을 너에게

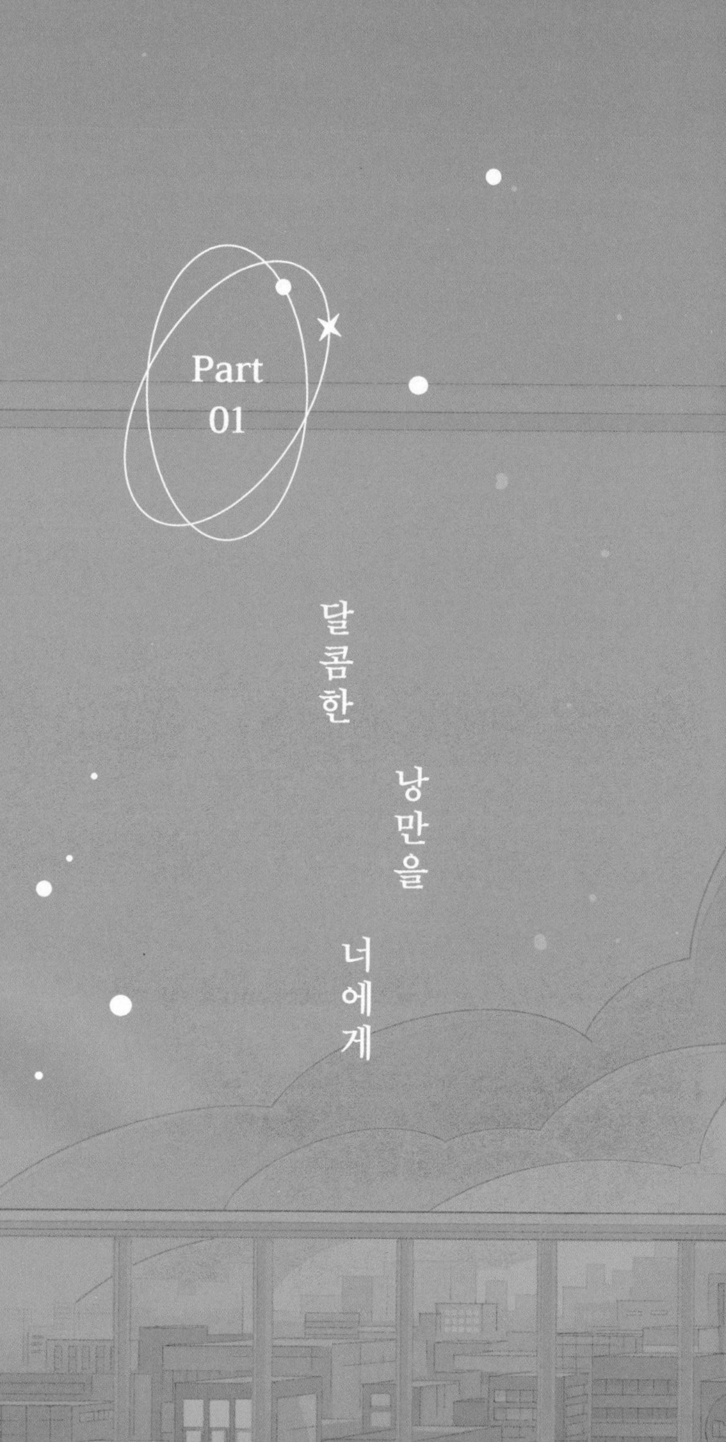

교정을 장식한 벚나무.

그 사이로 아른거리는 어떤 시선에

소녀의 눈에 피는 봄의 활기.

꽃잎에 타고 온 설렘이

마음을 건드려 간질간질해져.

따뜻한 눈 맞춤 하나로

첫사랑이 시작되어도 좋을 계절이야.

창문을 타고 들어오는
신선한 연두색 봄기운에
가만히 졸음이 쏟아져.

나른히 눈이 감기고
봄이 손을 잡아끌고 데려간 꿈속엔
따뜻한 네가 기다리는
싱그러운 비밀 정원이 있을 거야.

봄볕을 느끼러 너와 함께 이곳으로 왔어.

갑작스레 불어온 봄바람.
나무가 부드럽게 스치며 내는 소리에
나지막이 고백하는 너의 목소리가 있었어.
놀라서 아무 말도 하지 못하던 내 머리 위
붙어 있는 벚꽃 잎을 부드럽게 떼어 주는 너.
내 마음에도 볕이 들었어.

살갑게 부는 바람에도
쉽게 울렁이는 계절이야.

땡땡이를 쳐 볼까 싶다가도
'아니지, 몇 시간 후면
새끼손가락이 스쳤던
너를 볼 수 있으니까.' 하면서
샛길로 새지 않고 꿋꿋이
걸어갈 수 있는 계절이야.

사방에 이렇게 벚꽃이 피었는데
내 봄은 왜
그곳에 피었는지 모를 일이라고.
그렇게 너를 그리며
즐겁게 투정 부릴 수 있는 계절이야.

100
%

꽃잎이 풍성하게 끓어오르면
잠깐 네게 기대도 될까.

꽃구경을 핑계로
온 동네가 보일 만큼 높은 계단에 앉아
봄이 소란스럽게 피었다고
너에게 너스레를 떨어도 될까.

그리고 네가 꽃처럼 찬찬히 웃으면서
내 앉아 있는 모양새가 고양이 같다고
좋아한다고 돌려 말하는 걸
모른 체 듣고 있어도 될까.

봄바람에 너에게 하고 싶은 말을
실어 보내려다
작은 살랑임에도 날아갈까
일기에 담아 두었어.

종이를 빼곡 채운
그 어떤 인생 이야기보다도
가장 크게 쓰인 너.

내 다이어리의 한편을 너에게 줄게.

Aime-moi à la saison du printemps
quand tout est vert et nouveau

'온 세상이 새롭고
푸릇푸릇해지는 봄에도
나를 사랑해 주세요.'

완연한 봄기운에

집 앞 장미가 피었어요.

오월의 공기를 머금어

포근한 제철 장미를

아무 예고 없이 툭

당신에게 보내고 싶은 기분이 들어요.

사랑스럽게 놀란 그대 얼굴 위

활짝 핀 장미를 물끄러미 쳐다보고 싶어서요.

yelyel

동네에 새로운 꽃집이 생겼다는 소식을 들었어.
문을 열고 들어간 그곳에선
쏟아질 듯 핀 꽃 틈새로 막 우린 홍차 향기가 났어.
그리고 곧 네가 나타났지.

그때까지만 해도
내가 무슨 꽃을 좋아하는지
관심조차 없는 사람이었지만
네가 처음 나타났을 때 들고 있던 그 꽃
나는 그때부터 그 꽃을 제일 좋아하기로 했어.

La boutique de fleurs

머리를 싹둑 자르고 싱그러운 꽃을 샀어요.

새로 피어난 기분에

엇박자로 뛰어다니며 봄이 왔음을 알렸어요.

만약 누군가 철에 맞지 않는 화려한 옷을 입고

행복한 철부지처럼 굴고 있다면

아, 저 사람은 조금 이르게 찾아온

봄을 즐기고 있구나.

그냥 그렇게 봐 주세요.

Yelyel
FLOWERS
La boutiqu

우연히 산 봄빛을 활짝 머금은 꽃.
두 손 양껏 한 아름 향을 안아
어떤 방에 놓을지 고민을 해.

우연히 산 봄볕을 쬔 바게트
품에 안은 따뜻함에
어떤 스프레드를 바를지 고민을 해.

사랑은 그런 거야.
그런 기분 좋은 고민을 음미하게 되는
산뜻한 봄 같은 거라고.

봄은 소리 소문도 없이 내려온다.

한창 만개한 개나리가 까치발을 들고
창가를 두드리며 안부를 묻는
그 샛노란 언어에
몽롱한 잠결에도 뭔가 답하려
창문을 살짝 열었는데

아, 봄이구나.
노란 봄을 머금고 너도 함께 왔구나.
그제야 또렷해지는 머리에
자리에서 일어나
네게 반갑다는 인사를 건넨다.

사랑이 알록달록한 물감으로 덧바른 모습이라면
짝사랑은 뾰족한 연필심으로 살살 긁어 그려 낸
연하디연한 흑연의 색감이 아닐까.

사각사각
연필을 그을 때마다 어른거리는
심의 향에 잠길 즈음
너와 마주친 시선.

너의 까만 눈에서 묻어 나온 옅은 자국이
달싹이는 손끝에 남아
나의 짝사랑이 시작됐음을 비로소 깨달았다.

너를 그리는 일은

때로 갈피 없이 흔들리는 선

가끔은 모든 것을 쏟아붓기도 하고

어떨 때는 홧김에 덮어 버리기도 하지.

사랑이네.

누군가 지나가며 툭 던진 말.

내가 그린 너는 바로 사랑이었구나.

친구들이 모두 학교에 있을 때
나는 조퇴를 했다.
거짓말처럼 텅텅 빈 공간에서
지하철 안으로 쏟아지는
새털구름과 연둣빛 공기를 독점했다.

문득 일탈은 멋지다는 생각이 들었다.
잠깐 숨을 돌리며
이런 세상도 있구나 느끼는
그 시간이 모두
일상을 살아가게 하는 힘이 되는 거라고.

그런 생각을 하면서
집으로 가는 안내 방송을 가만히 듣고 있었다.

전철 안에서 보는
일몰은 따뜻한 느낌이 나.
특히 어둠 속을 달리다가
갑자기 나오는 드넓은 강의 모습.
그곳으로 떨어지는 해는 정말 예뻐.
나는 계속 창밖을 보고 있으니 알 수 있지.

그런데 말이야
도시에 사는 사람들은 모두 바빠서
할 일에 짓눌려 꾸벅이느라
그 예쁜 모습을 쳐다보지 않더라고.

나는 네가 삶에 지쳐 강을 보는 걸 잊으면
네 손을 잡아끌고
너에게 반짝반짝 빛나는 강을
거리낌 없이 보여 주는 사람이 되고 싶어.

5760

love me

내 방을 채운 모든 걸
하나하나 유심히 바라보면
채 자라지 않은 아련함도 있고
잊었다고 생각한 그리움도 있고
눈에 밟혀 데려온 부드러움도 있고
누군가가 선뜻 나누어 준 몇 줄의 온기도 있어.

전부 기억나는 찰나의 시간들을
도저히 버릴 수가 없네.
어느 하나 내가 아닌 것이 없는 세계.

today
love
pastel

작은 다락방 한편에 거울을 세워 놓고
이리 기웃, 저리 기웃
오늘의 표정은 어제와 무엇이 달라졌나.
어제보다는 조금 성장했을까.
나도 모르게 가뿐히 버려 버린 무언가가 있을까.
지나치게 매정히 보내 버린 것이 있을까.

갈팡질팡
매일 눈을 마주치는 나지만
왜인지 나는 나를 모르고
매일을 헤매고 있네.

내가 자주 즐겨 듣는 노래를
네게도 알려 주고 싶었어.
이 노래 가사의 숨겨진 뜻
너는 알아챌 수 있을까.

그냥 은근슬쩍 알아채 주었으면 해.
작은 너의 귀에 닿는 이어폰에
떨리는 손끝이 들키지 않기를.

"오른쪽, 아니 왼쪽. 조금만 더 뒤로!"

온 힘을 다해 버튼을 눌러도
맥없이 집게가 툭 풀릴 때가 있다.

뜻대로 되지 않자 약이 올라
뾰로통해서 입술을 삐죽이고
눈꺼풀에 무게를 달아 실눈을 만들어도

"한 번에 뽑히면 무슨 재미야."
라며 나를 토닥이는 너.

그 다정함을 계속 듣고 싶어
또다시 동전을 꺼내 넣는다.

좋아한다는 건

흐드러지게 핀 꽃을 보고

누군가를 떠올리는 거래.

그래서 나는

싱그러운 보랏빛 꽃을 한 움큼 구했어.

꽃에 눈이 닿을 때마다

너에게 마음을 주고 싶어서.

나에게는 로망이 하나 있어.

라벤더와 장미를 집에 가득 채워
생기 있는 봄날, 그 꽃내음에 취해
온몸 구석구석 고스란히 봄을 느끼는
그런 로망 말이야.

그러니까 이곳은 내 꿈을 가득 채운 곳이야.
나는 지금 내 모든 로망을 끌어모아
널 위해 주고 있는 거야.

유난히 맑고 부드러운 날

그보다 더 묘한 색채의 너.

급하게 카메라를 꺼냈지만

내 눈에 보이는 만큼

너를 완전하게 담을 수가 없네.

어떻게 하면 고스란히 너를 담을 수 있을까.

화면에 띄워진 너를 보며

애꿎은 셔터만 닳듯이 만지게 돼.

aurora

하늘에 드리운 오로라가 세상을 감쌌어.

화가의 붓이 닿은 듯

물결처럼 굽이치는 하늘의 반짝임은

마치 한낮에 꾸는 꿈 같아.

이곳이 꿈속이라면

혹시나 너도 있지 않을까.

고개를 살며시 돌려 보았어.

사춘기를 겪던 나는
그렇게 사랑스럽지만은 않았다.

두 뺨은 제멋대로 불그레했고
항상 삐죽이던 앵두 같은 입술
꽉 조여 묶은 양 갈래 머리칼
세상의 불만을 가득 품은 듯
무심한 표정은 덤이었다.
그러면서 생각했다.

기계처럼 길을 거니는 사람들 사이
꿈이라고는 보이지 않는 무채색 세상에서
나만이 유일하게 빛나고 있다고.
시간이 지나도 이 색을 잃지 않겠다고.
그렇게 서투른 푸릇함으로 다짐했다.

아스라이 눈앞을 가로지르는 기다란 열차.
이 풍경이 그렇게도 보고 싶어서
저녁이 되기까지 한참을 기다렸어.

선선한 하늘을 가르고
막힘없이 뻗어 나가는 흰색 궤적은
내 마음속 응어리마저 단숨에 꿰뚫어 주는 것만 같아.

하루에도 수십 개씩 지나가는 뻔한 기차겠지.
하지만 내게는 걱정을 지워 주는 특별한 분필 자국이 돼.

LOVE ME

35
YELYEL
APARTMENT

너만 생각하는 마음이
늘 다른 모양으로 새롭게 부풀어.
티가 날 정도로 꽉 들어찼지만
구길 수도, 버릴 수도 없어.

그래서 나는 이 마음을
곱게 접어 하늘에 띄워 보내.
오늘은 꼭 너에게 닿기를 간절히 바라며.

애매한 점수의 성적표.

앞으로도 쭉 이런 인생일까?

애매한 성적, 애매한 나, 애매한 오늘.

미묘한 불안은 탄산과 함께 삼켜.

인생이란 문제에 정답은 없겠지.

미래는 열어 봐야 아는 법이니까.

Part 02

싱그러운 파도를 너에게

가벼운 소음과 함께

노랗게 바랜 선풍기 소리가 흐르고

끈적한 여름이 살에 닿자마자 녹아서

'오늘도 찌겠구나.'

더위에 푹 잠긴 그때

얼그레이 티의 얼음이 달각 솟아오르고

"누구 계세요?"

대문 밖에서 들려오는 푸른 목소리.

나의 여름 방학은 그렇게 시작되었다.

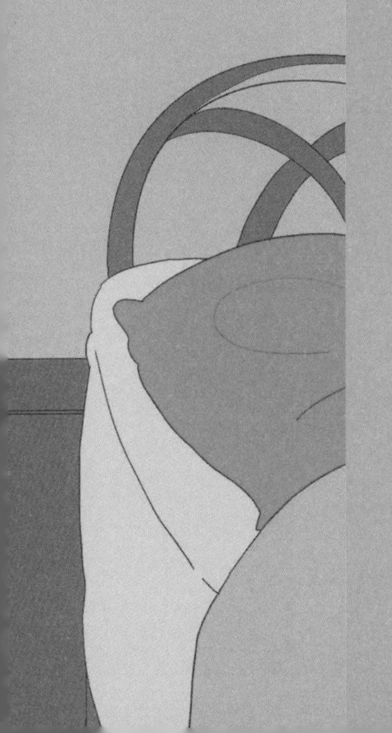

초여름은 가만있으면 시원해진다고
너는 무심하게 툭 뱉었어.

나는 무슨 말을 하는 거냐며
자연스레 넘겼지만
이제는 알 것 같아.

채 영글지 않은 푸릇한 복숭아
살랑살랑 일렁이는 바다의 윤슬
미적지근한 열기를 품은 바람.

너를 따라 앉아 있으면
시원해질 수밖에 없었어.
네가 내 여름이었으니까.

볼이 홧홧해질 정도로
뜨거운 바람이 불면
눈처럼 곱게 쌓인
빙수를 만들어 먹을래.

찡할 정도로 차가운 우유 빙수에
혀가 아릴 만큼
단 것들을 모두 넣어서

얼굴이 가려질 정도로
큰 빙수를 앞에 두고
숟가락을 부딪치면서
둘이서 마주 앉아
여름을 없애 버리자.

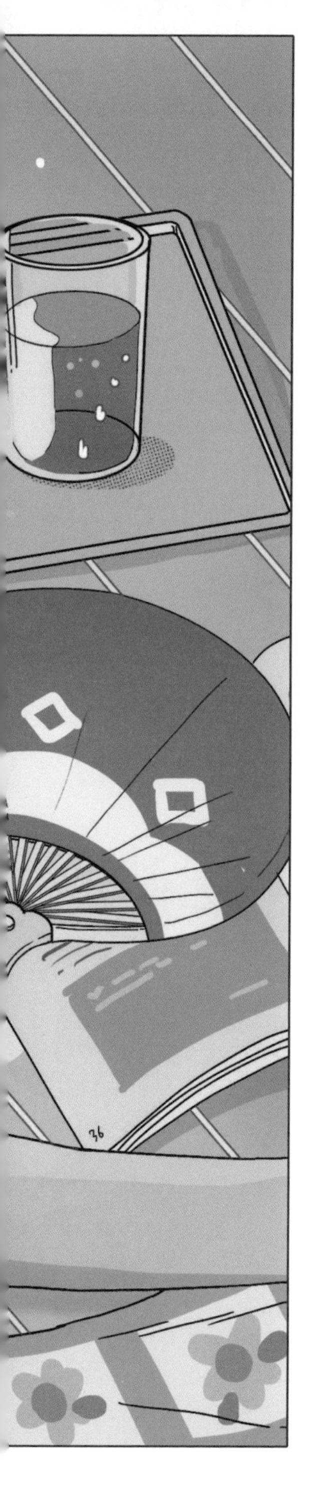

안온한 공기가 좋아.

집 안엔 적막이 흐르고

창밖에는 매미 소리와

이따금 쏟아질 듯 흔들리는 나뭇잎 소리

바스락거리는 얇은 이불 소리와

부딪히는 맨발 소리를 모아

우리 둘의 여름 소리로 전부 엮어.

누군가 어떤 때 가장 행복했냐고 물으면

이 기억을 꺼내어 한낮의 여름 소리를 들려주자.

그때 스민 마음은
확실한 여름의 모양.

네가 깎아 준 둥근 과일 조각을
한 입 베어 물면
처음 봤던 날의 네 초록 시선이
순식간에 머리를 메웠다.

너는 새파란 바다를 몰고
흐릿한 내 마음을 선명하게 만들었지.

여름이 머무른 흔적을 찾아
복숭아 끄트머리를 담담히 눌러 본다.

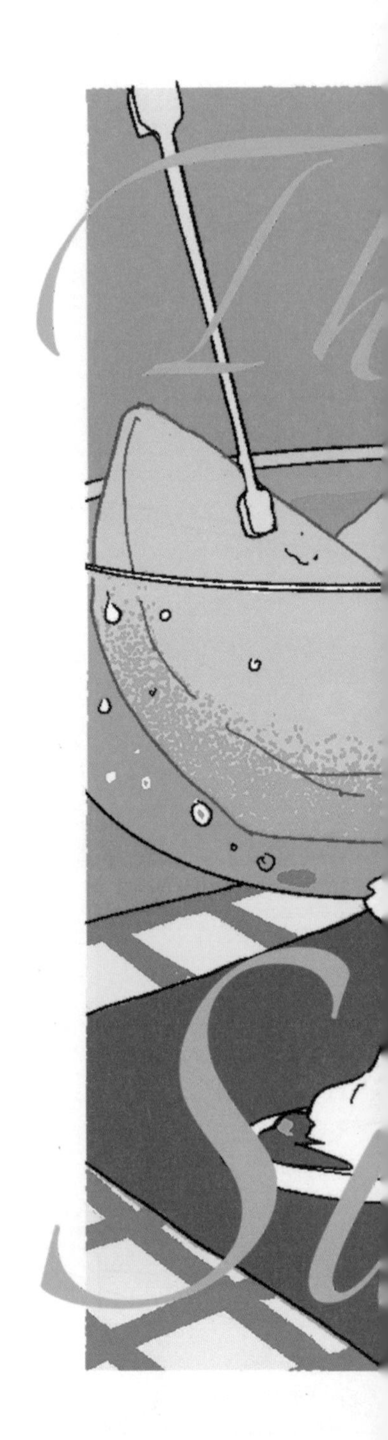

End of
mmer

누군가와 함께하고 싶은 계절은
당연히 여름이라고 말할 거야.

사방에 내리꽂히는 태양을
무서워하지 않고 우뚝 맞서
너와 온몸을 던져 파도에 부딪친 다음
소금이랑 모래로 버석해진 발가락을 탈탈 털고
이가 시릴 정도로 찬 음료를 찰랑거리면서
뻥 뚫린 수평선을 바라보며
서로의 괴상하게 그은 피부를 확인하고 깔깔 웃는

그런 철부지 같은 사랑을 할 수 있으니까.

너를 위해

한여름 빛 마지막 한 줌까지

끌어모아 열린 체리처럼

기운 넘치게 푹 익은 사람이 되고 싶었다.

싫은 건 싫다고 솔직하게 말해도

눈물이 찔끔 날 정도의

산미마저 생명력이 넘치는

여름 체리 같은 사람이.

그렇지만 네가 울면 바로 달려가서

허겁지겁 달콤함을 쥐어 주며

너를 달랠 수 있는 그런 사람이.

CHERRY
SUMMER

나와 늘 함께하던 네가 붙여 준 별명

'꿈꾸는 사람'이라는 뜻의 몽상가.

머릿속이 너무 복잡해지면

눈을 감고 상상 속 나만의 장소로 몸을 숨겨.

핑크빛 풀장 고운 물결 구름 위에서

블루 하와이 한 모금에 나 자신을 맡기는 거야.

눈만 감으면 바로 도착할 수 있는

이용 시간 무제한인 나만의 낙원으로.

산뜻한 마음으로
별똥별처럼 몸을 굽혀
미지의 세계로 나를 내던지는 상상을 해.

숨을 들이켜며
꿈결을 조각배처럼 헤쳐
깊이, 더 깊이 들어가다 보면
무언가 발견할지도 몰라.

아무리 잠수해도
숨이 차지 않는 모험의 파도를 좋아해.
호기심에 가득 찬, 신나는 기분을 좋아해.

Summer of Dreams

목소리를 내어 주고도
보고 싶은 사람이 있다는 건
보석 같은 일이야.

한 철 사랑이라고 하겠지만
모르는 사람이 이 마음을 저울질할 수 있는
쉬운 마음은 또 아니야.

저 위에 있는 네가
깊은 바닷속으로 수정 구슬을
떨어뜨리는 바람에 슬피 울면
온종일 산호를 헤쳐 나가
네가 잠든 사이 구슬을 침대 옆에 놓아둘 거야.

그리고 조용히 물속으로 돌아가
네가 기뻐하는 모습을 볼 거야.
이게 내 마음이야.

LA
LOL
LOL

여름의 시작점에 선 우리.

후덥지근한 계절의 호흡에

네 긴 머리칼이 흩날리고

고민거리를 한 아름 안고 있던 내게

너는 가까이 다가와

아무 말 없이 손을 잡아 주었어.

나도 알지 못하는 내 미래를 확신하면서

불안한 나를 다잡아 줬어.

그래서 나는 해가 물든 구름을 좋아해.

그날의 네 목소리가 다시 들려오는 것만 같아서.

어디든 말만 해.
네가 좋아하는 풍경을 보러
지금부터 출발할 거야.

얼마나 걸리는지, 날씨는 좋을지
그런 건 생각하지 않아도 괜찮아.
우선은 가 보는 거야.
네가 사랑하는 것들이 그곳에 있다면
가 볼 이유는 충분해.

도착했을 땐 분명
예상치 못한 풍경에 놀란
네가 반짝반짝 빛나고 있을 테니까.

네 발이 처음 닿는 도시.
이곳은 조금 특별한 친구가 있어.

모든 걸 부드럽게 삼키는 다정한 황금빛 손길
하루 중 잠깐 내려오는 친구야.
살구빛 색채가 어린 거리의 발자국마다
따뜻한 온기를 느낄 수 있어.

그러니 여기서는 온 마음을 다해 울어도 괜찮아.
비밀스럽게 다가온 태양이
네 울음소리까지 전부 보듬어 줄 테니까.

DREAM

THE
SOMNIUM

어릴 때 방 안에 붙여 놓은
커다란 영화 포스터.
뭐였더라.
우주선과 외계인이 있었고
주인공은 늠름하게 웃고 있었지.

나도 히어로가 되고 싶었던 것 같아.
불 꺼진 어두운 거리.
못된 괴물들을 해치우는 정의의 용사.
어디서나 당당한 주인공으로
오늘 밤 꿈에 등장하고 싶어.

하룻밤만이라도
이곳저곳 달려가 멋진 박수를 받아 낼
용감한 기분이 필요하니까.

너와의 추억은 뒤숭숭한 이차 방정식.
넌 참 영리해서 수학을 잘했지.
그러고 보니 너는 이런 말을 했었어.

"내 미래도 수학처럼 딱 답이 떨어지면 좋겠어."

하지만 공부를 좋아하지 않던 나는
그저 답 없는 삶이 좋았어.
어떤 형태로 살아가도 만점이니까.
누가 삶에 점수를 매길 수 있을까?

그런 내 말에 너는
그게 정답인 것 같다며 화사하게 웃었어.

아직도 기억이 새록새록 떠올라.
노랗게 바랜 햇빛을 등지고 걸어가던 우리와
낡은 시험지처럼 시답잖던 우리 이야기가.

PLAYPLAY
OPEN
SALE!

팔레트 위에서 한 겹 마른 푸른 색을 좋아해.
그 계절의 네가 넘실거리거든.

찬찬히 기억 속 너를 파란색으로 덧그리면
종이 위로 번지는 무수한 나날들
그때 너와 보았던 모든 하늘과 물결이 있어.

그런데 이상한 건
그리면 그릴수록 그때의 너는 희미해져 가.
나는 또 떠올리기를 멈추지 못해.

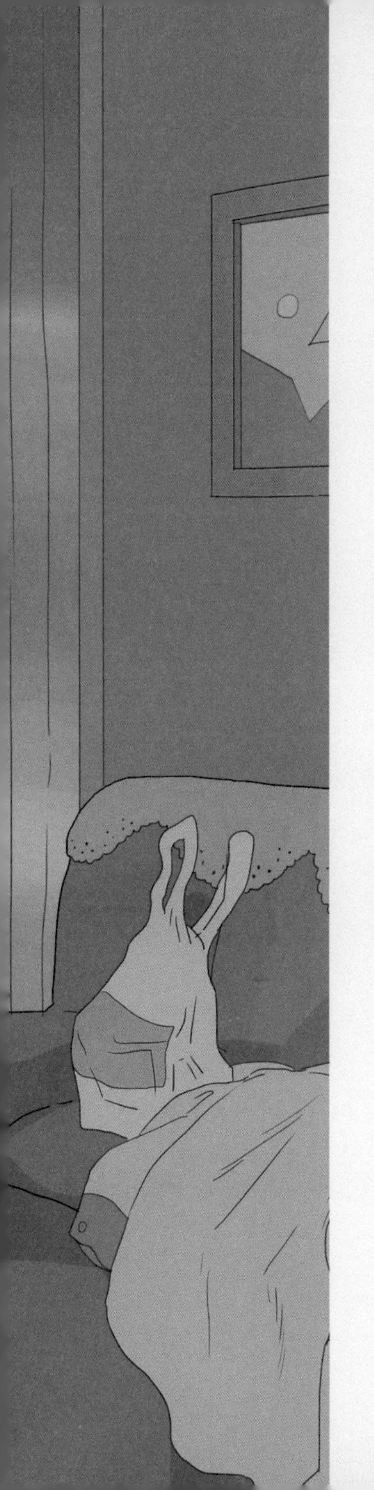

하늘을 올려다보고 있는데
시원한 바다를 보고 있는 듯한 순간이 있었어.

깊은 하늘에 푹 잠겨 있으면
잊을 수 없는 그해 여름의
철썩이는 파도를 느낄 수 있고

손끝을 훑는 짭조름한 파란 향에
너와 함께했었던 물놀이
오직 둘만 있던 그때를 떠올릴 수 있고.

"우리, 청춘 영화를 찍고 있네."

네가 무심결에 던진 말에
참지 못하고 웃음이 터졌다.

여름 바다를 따라 앞서거니 뒤서거니
달려가는 여자애와 남자애.

이게 청춘이 아니면 무엇이겠냐고
시원스레 웃는 너에게
요새 청춘이라는 말을 누가 쓰냐고
면박을 주며 배를 잡고 웃었다.

그때는 몰랐다.
한여름 땀에 흠뻑 젖도록 달려
배를 잡고 웃을 수 있는 사이는
시간이 갈수록 찾기 힘들다는 걸.

너와 주거니 받거니
시시하고 새파란 농담으로 가득 채울 수 있던 여름이
정말로 영화 같은 일이었다는 것을.

푸른 물결 한 겹 진하게 바르니

비로소 실감하게 된다.

사랑해 마지않는 계절이 훌쩍 걸음 했음을.

한껏 여름스러운 나를 보고

반갑게 인사해 줄 너를 떠올리며

나는 기쁜 마음으로 더위를 묻혔다.

綠陰芳草

거리에 뿌려진 샛노란 향기.
하늘하늘 불어오는 여름의 입구에서
알알이 달린 레몬이 눈에 들어왔다.

코끝을 가까이 대고 깊게 들이마시니
네 생각이 진하게 났다.

너는 얇게 저민 과일처럼
눈이 아릴 정도로 새콤한 눈웃음을 머금고
산뜻하게 조잘댔었지.
손에 쥔 초록 이파리가 네 향인 듯
좀 더 깊이 코를 묻어 보았어.

바다에서 가장 반짝이는 것은
물결도 모래도 아닌 너였어.
세상의 무수한 여름이 모여 너에게 꽂혀 있네.

네가 가지지 못한 이 세상의 반짝임이 있을까.
그런 건 없을 것 같아서 고개를 저었다.

CHACHA

아스팔트 도로의 한가운데를
달려 본 적 있나요?
세상의 중심에 서서
발을 굴러 거리의 대장이 된 듯
그저 앞으로 가는 일.
가슴이 시원해지는 일이에요.

인도 위, 이곳은 안전하다고
어떤 위험도 덮치지 않을 거라고
일 인분의 좁은 길을 하염없이 걸으며
세상을 옆으로만 보지 않기를 바라요.

내 시선 끝의 너는

무궁화처럼 달콤한

여름 냄새가 나는 것 같아.

설익은 붉은 뺨으로

가을이 되려는 나를

꼭 붙들어 두는데

내 한여름의 마지막 날은

너의 눈빛이 묻어

진한 여운이 맴돌 것 같아.

너의 휴일 아침을 상상하곤 해.

방금 일어난 듯 지어진 까치집에
늘어진 잠옷 바지를 입고
자리에 앉아 갓 구운 식빵을 한 조각 물었을
편안한 모습이 안 봐도 선해.

뭐 하고 있냐고 물으면
방금 내가 상상한 그대로
종알거릴 그 모습까지 안 봐도 선해.

MILK

100·3101

너와 차 위에 걸터앉아 나눴던
지금은 기억나지 않는
딴에는 진지했던 어떤 이야기.
우리는 뭐가 그렇게 치열했을까.
어떤 것들이 어긋나 골몰했을까.

열대야가 흩뿌려진 별 아래에서
별보다도 더 작은 걱정거리를
잘게 부수어 보듬었던 어느 날.

너를 만나러 가는 길.
선물 꾸러미 같은 저녁이야.

오늘의 너는 어떤 모습을 하고 있을까.
별사탕이 들어 있을지
달콤한 향수가 들어 있을지
아무것도 알 수 없지만

너를 만나러 간다는 건
곱고 반짝이는 선물의 끄트머리를
천천히 풀어 꼭 끌어안고 싶은
그런 소중함을 마주하는 설레는 여행인 거야.

아직도 생생한 잔상 같던 밤.
유난히 크게 뜬 초승달과
밤을 채우던 달콤씁쓸한 노래가 있었어.

아직도 그 노래를 들으면
그때의 물색 밤공기가 손에 잡히는 듯해.
이 젖은 도시는 누군가의 눈물을 모아
만들었다고 생각하며
이유 모를 서글픔에 글썽이던
내가 떠올라서.

YELYEL

"그럼 금요일에 볼까?"

용기 내어 물은 한마디에
반짝이는 네 눈동자 위
묘한 호기심이 어른거려 보니
칵테일 저 밑으로
떠오르는 시간을 애써 밀어 넣어
영원한 금요일을 기도하며
잔뜩 떨고 있는 내가 비치네.

모두가 꿈을 꾸는 밤
은은한 조명 재즈 바 한구석.

너와 함께하는 지금
여유 없이 들뜬 나에게

"천천히 취해도 돼."

느긋이 머리를 넘기고
살며시 잔을 기울이는 너.

도시의 멜로디를 따라
조용히 젖어 가는 너와 나의 시간.

비가 오면 창문을 열어 놓고
대자로 누워 빗소리를 들어요.

창틀을 치는 한 방울 한 방울에는
오래된 아파트의 물기 어린 풀 냄새와
그리운 향기가 서려 있어요.

내가 아주 작았을 때
TV를 켠 채 까무룩 잠이 들면
엄마가 큼직한 손으로 요를 덮어 주었던
그 시절의 기억을 맡을 수 있어요.

LOADING...

그날 밤은

습한 여름 향기가 잔뜩 퍼져 있었어.

어쩌면 열대야가 아니었을까.

짙은 여름 공기를 가뿐하게 가르며

너를 만나러 가는 이 밤.

바람 한 점 불지 않는 어둑한 열기도

너를 볼 수 있다는 그 달뜬 설렘에

상쾌하게 페달을 힘껏 밟을 수 있었어.

분명 처음 보는 풍경은 아니야.

매년 같은 마을

같은 시간에 터지는 여름의 불꽃.

그렇지만 바로 옆에

네가 있다는 것 하나만으로

불꽃은 찬란한 별이 되고

어제까지는 그냥 까만 도화지였던 밤하늘이

숨죽여 보고 싶은 영화가 돼.

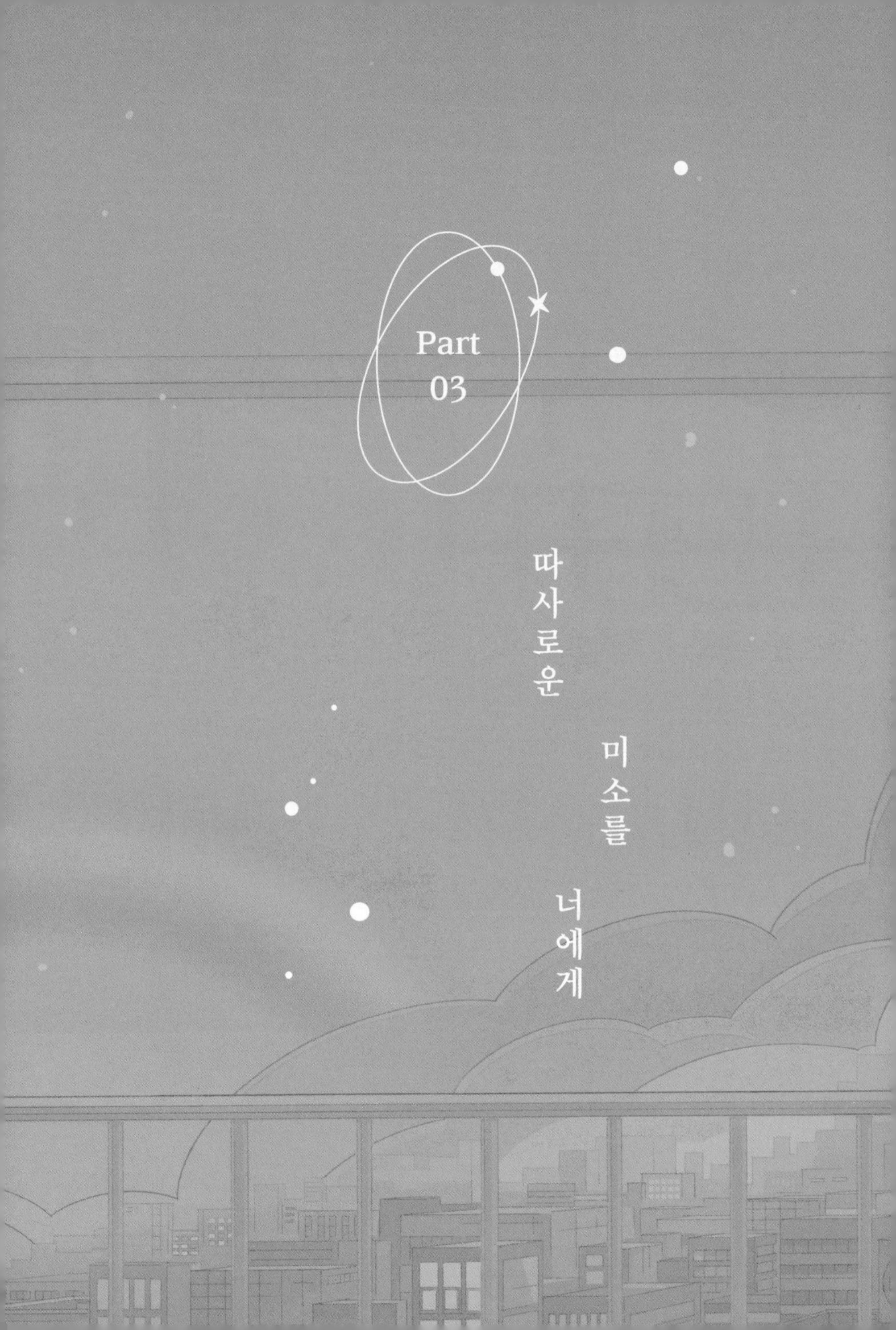
Part
03
따사로운
미소를
너에게

따끈한 차를 마시고 싶어
주전자를 올리는 계절이 왔어.
뜨겁던 공기가 서서히 식어 가고
미적지근한 바람이 선선하게 부는 계절.

괜히 팔을 문지르며
서랍 어딘가에 박아 뒀던
빨간색 담요를 꺼내 둘렀어.
네가 준 온도가
딱 맞는 시기가 찾아왔나 봐.

또 한 번의 계절이 바뀌고
새로이 너에게 전하고 싶은
문장을 만들고 있어.

말을 고르고,
시를 고르고,
대사를 고르고.
어떻게 해야
네게 좀 더 다정할 수 있을까.
조금 더 몰두해서
물끄러미 골라 보는 단어.

그 마음을 네가 알아준다면
곰곰이 생각하는 이 시간엔
항상 햇살이 들 거야.

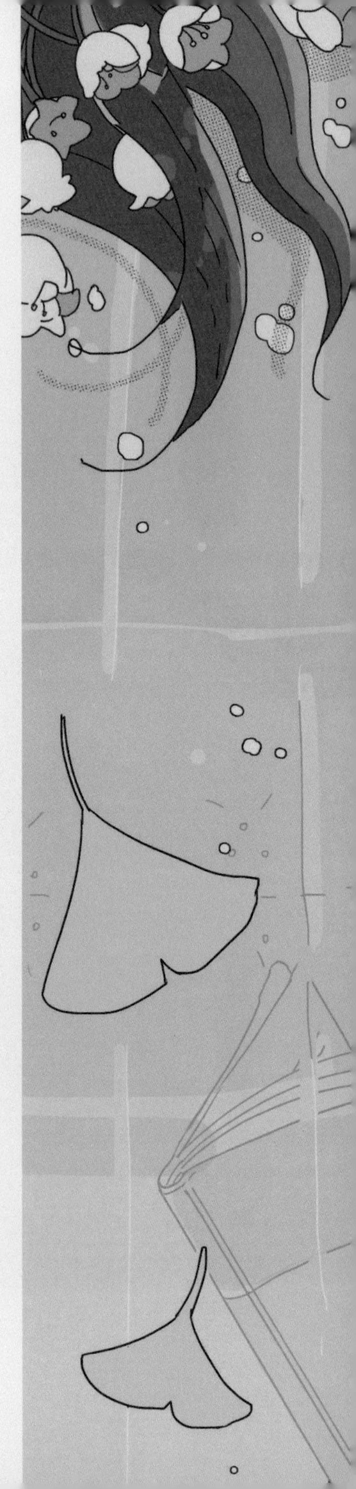

단 몇 자의 텍스트만으로
당장에 전화를 걸 수 있는
그런 사이가 되고 싶어.

헐레벌떡 너를 걱정하는 일이
전혀 이상하지 않은
그런 사이가 되고 싶어.

네 목소리를 들어야
비로소 안심할 수 있는 사이.
너를 에둘러 추측하지 않고도
바로 안아 줄 수 있는
그런 사이가 되고 싶어.

DON'T
GIVE
UP

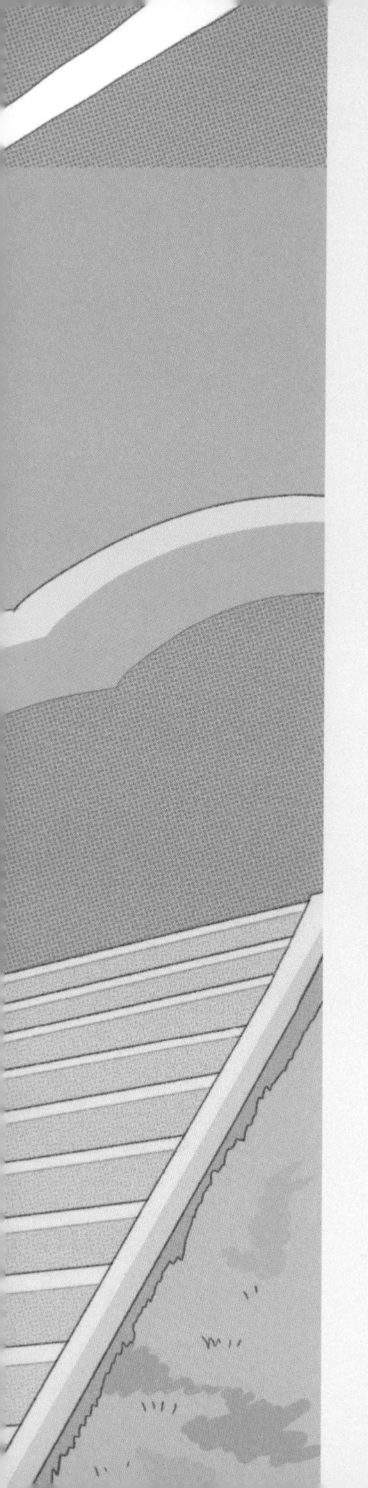

나를 지나치는
비행기가 점이 될 때까지
비행기를 따라갈래요.

보드 위에서 힘껏 발을 굴러
아주 잠깐 같은 선에서
비행기와 함께한다고 믿으며
평생 함께 가 보자고
내가 봐도 뻔한 거짓말을 약속하면서
숨이 턱에 닿을 때까지 달릴래요.

비행기가 별만큼 작아져
보이지 않게 되면
서둘러 양손을 펼쳐
두 손을 십자가로 만들고
비행기를 내 마음속에 가둘래요.

너는 나를 지나
어디까지 그렇게 높이 떠서 갈 거냐고
비행기가 없어진 하늘을
오래오래 바라볼래요.

농구를 마치고

매일 앉는 계단의 지정석이 있어.

이 시간의 포도와 오렌지를

힘껏 갈아 낸 주스 같은 하늘에서는

손에 든 팩과 똑같은 향이 나.

오늘 하루를 단숨에 마셔 버리면 좋을 텐데.

공을 튀긴 후 발끝까지 퍼지는 달콤한 개운함에

나는 또 내일을 준비할 힘을 얻어.

지금 달리며 맞는 이 바람이
너의 근심과 걱정을 전부 가져갔으면 좋겠어.
목적지에 도착했을 즈음엔
네가 편안하게 미소 짓고 있으면 좋겠어.

오늘의 즐거운 노을을 기억해.
언젠가 네가 또다시 힘들다고 느낄 때
이 시간을 꺼내 계속 살아갔으면 해.
남들을 향한 슬픔 대신
너를 위한 행복을 먼저 챙겼으면 해.

홍콩 영화처럼 한 손으로 휙휙
멋들어지게 팬을 볶다가
베란다로 훌쩍 나간 너는
담배를 물고 있었지.
빽빽 들어찬 건물로 시선을 옮기며
슬쩍 미소 짓는 너.

한마디도 입 밖에 내지 않았지만
이곳에 있어도 된다고 해 주는 사람.
그러니까 내가 반한 거야.
다 네가 멋있는 탓이지.

어스름한 빛이 감돌면
조용히 육교를 건너요.

깜빡이는 전조등
아주 멀리서부터 이어지는
긴 행렬을 바라보며
달리는 차마다의 사람들은
모두 고단한 하루를 마치고
제 집으로 쉬러 가는 거라
마음 한편 묘한 안심을 해요.

모두의 안온한 저녁을 위해
짧은 행운을 빌어 주려고
저녁엔 육교를 건너요.

이렇게 하면 기분이 나아질까.
괜스레 어린아이처럼 비눗방울을 불었어.

매끄러운 동그라미를 타고
흘러내리는 햇빛 조각에
나의 후회도
나의 실수도
나의 사랑도
전부 떨어지기를.

고민을 없던 일로 하듯
펑 사라져 버리는 방울에
내 마음은 이제 괜찮다고
내 시간은 이제 괜찮다고
천천히 위로받는 그런 기분이 들었어.

LOVEISTRUE

모든 게 솜털처럼 부풀어 오르는 이 계절.

이 무렵 언젠가

너와 손을 꼭 잡고 옥상으로 올라갔었지.

둘 다 한 뼘은 큰 슬리퍼를 신고

까치발을 들어 비눗방울을 만들었어.

한 개, 두 개, 세 개.

그 동그란 수정 구슬 속에

너와 나를 예쁘게 담고

도시의 커다란 집도 모두 담았어.

한참 온갖 것들을 동그랗게 감싸고 깔깔댔었지.

사차원 같다는 말을 들어 봤니?

머릿속 세상이 끝을 가늠할 수 없는
우주 같은 사람들에게 쓰는 말이야.
우주를 떠다니며 따 온 기묘한 별 조각들을
상쾌한 소리로 툭툭 세상에 흘려보내니까.

나는 평생 헬멧을 뒤집어쓰고 있을 것 같아.
나의 우주를 둥실둥실 떠다니면서
널 위해 가장 빛나는 별들만 엄선해
바깥세상을 구경시켜 줘야 하니까.

Girly

꿈속을 뚫고 나가는 일은
재미있지만 쉽지만은 않지.

너무 힘을 주면 가라앉고
힘을 빼면 앞으로 나아갈 수 없어.
오히려 꿈에 잡아먹힐 만큼
몸이 노곤해지는 일도 있을 거야.

그러다가 지치면 옆에서 내리는
별 비에 기대 잠깐 쉬어 가자.
힘들어지면 가장 좋아하는 랜턴을 켜고
'이곳은 내 꿈이야.'라고 주문처럼 소곤거리자.

Girly

해의 반쪽 끝을 뜯으면

건물을 따라 걸린 노을이 된다.

한쪽은 내가 보고

나머지 한쪽은 잠깐 남겨 놨다가

너의 귀갓길에 짠 하고 보여 줘야지.

축 처진 네 어깨가 기뻐서 한껏 올라갈 만큼

눈부신 노을빛을 손에 쥐여 놓고

네가 예쁘게 웃을 때까지 계속 보여 줘야지.

그거 알아?

때때로 달을 보면

울퉁불퉁 흠집까지

전부 보일 때가 있어.

뿐만 아니라

변덕스럽게 매일 모양이 변하기도 하고

구름 속으로 들어가

얼굴을 비추지 않을 때도 있어.

그러니까 우리는

자라나며 생긴 작은 생채기 하나하나와

올곧지 못한 자신에

자책할 필요가 없는 거야.

달도 저렇잖아, 그치?

너와 게임만 했다 하면 항상 져.
또 높은 점수를 찍고
뒤돌아 나를 바라보는 네게
두 손 두 발 들었어.

어쩜 나는 게임에서도
현실에서도 네게 늘 지기만 하는지.

그래도 좋아.
매일 세상에 잔뜩 깨져
집에 돌아와 펑펑 울던 너를
조이스틱 하나면
깃털처럼 날아오르게 할 수 있잖아.
서툴게 쥐여 준 승리 하나면
네가 울음을 그치고 해맑게 웃을 수 있잖아.

그러니까 너는 나를
평생 이겼으면 좋겠어.
언제나 천진난만했으면 좋겠어.

GH SCORE
0019921003
YELYEL

너는 내게 사랑이 무엇인지 가르쳐 주었지.

어느 선선한 밤
어린아이에게 한글을 가르치듯
손바닥 위에 시옷부터 열 획을 그어
이게 사랑이라고.
서로를 떠나 몇 밤이 지나더라도
혀를 굴려 '사랑'이라고 발음해 보면
열꽃이 피듯 넘치는 감정을.

이게 사랑이라고.
내가 흘릴 눈물의 양이
얼마인지도 모르면서
이게 사랑이라고.

긴 하루 끝 화려한 밤의 시간.
고요한 내 방과는 달리
길거리를 흔드는 음악은 생기가 넘쳐
마음까지 세게 치는 듯했다.

그렇지만 외롭지 않은 이유가 있어.
점으로 콕 찍으면
같은 도시 같은 하늘을 들이켜며
어딘가에 있을 네가 떠올라서.
우리는 들뜬 도시를
함께 나누는 중일 테니까.

창가에 잠시 올려 둔 콜라의 단맛이
뒤늦게 입 안을 맴돌았다.
네 생각만으로도 내 가슴은
이 소란한 도시의 거리와도 맞먹었다.

A
R
好
好
COOL!
I want to you want me

"도시 사람이 다 됐네."

널 보고 툭 던진 우스갯소리에
네 웃음이 와르르 쏟아져
뒤죽박죽이던 도시의 소란이
순식간에 달리 보여.

너는 그런 힘을 가지고 있어.
입꼬리 한끝만 올려도
모든 걸 별세계처럼 만드는 재주 말이야.

沙咀
滙
山夜公司

Night of City

무표정하게 밖을 본다.
이제 이런 빌딩숲은 지긋지긋해서
눅눅한 빛의 간판도 눈에 들어오지 않았다.

그러다 내 시야에 들어온
유난히도 익숙한 단어의 간판.

그건 네 이름이었다.
이 메마른 도심에서 네 이름을 찾았다.
그렇게 나는 또 너와 함께했던 시간을 떠올린다.
택시 안은 순식간에 너로 가득 차 버려
가라앉은 내 기분의 갈증을 턱 끝까지 채워 줬다.

유리구슬을 닮은 눈동자
딸기 맛이 날 듯한 입술
둥글면서도 오뚝한 코.
너는 그런 사람이었다.

어떤 어둠에서도 조명 없이 빛나는 사람.
하나하나 뜯어볼수록
잘 닦은 돌처럼 반질거리는 사람.
감히 다른 빛이 너의 밝음을 가릴 수 없도록
유유히 반짝임을 뽐내던 너는
맑고 사랑스러운 사람이었다.

갖가지 색채가 엉킨 거리.

요란한 빛이 세상을 메우고

듣고 싶지 않은 소음이 눈앞을 가려도

혼란한 파도에 허무하게 깔리지 말자.

이토록 뒤죽박죽인 도시에서 살아남아

서로의 손을 잡고 꿋꿋이 낭만을 찾자.

있지, 네 연애 상담 지겨워.
이제 슬슬 알아서 좀 해.
매일 한쪽만 전전긍긍하며
손톱을 물어뜯는 게 무슨 사랑이야.

매일 밤 그 애 모르게 펑펑 울지만
그 애 부탁이라면 전부 다 받아 주는 거
정말 바보 같은 거야.

나는 뭐 그런 적 없냐고?
당연히 있지.
지금도 그러고 있잖아.
나도 지금 너한테
바보 같은 짓을 하고 있다고.

y and
our
offen

DESPERADO
OVEME
VELVET

밤의 침묵을 깨트리는 맑은 키보드 소리.

문 하나를 중간에 두고 뒤바뀌는 세상.

현실을 걸어 잠그고 새로운 세계로 떠나자.

모난 상자에서 흐르는 따스한 빛줄기는

내가 찾고 있던 환상을 품은 듯해.

살다 보면 정신없이 푹 빠지는 것들이 있어.
달이 떴다고 전화를 준다 해도
전화기를 꺼 버리고 몰두할 만큼 좋은 것이.
너희의 하늘에는 달이 뜨겠지만
나의 세계에는 유성우가 떨어진단다.

아득한 밤하늘을 뒤로 하고
나만이 볼 수 있는 세계에 흠뻑 빠져
작디작은 별들에게 머리를 기울이는 일은
분명 사랑이겠지.

나의 밤은 그랬다.

웃는 너, 우는 너, 놀란 너.

내 방을 가득 채운 무수한 너를

수없이 밤새워 그리고, 자르고, 붙여 나가.

그 어떠한 순간의 너도 놓치고 싶지 않으니까.

LOVE U
SCRAP
BOOK
RAIN

NIGHT

"오늘이 끝나지 않았으면 좋겠어."

오늘만큼은 다들 내게 상냥히 대해 줬거든.
점점 줄어드는 내 말소리에
너는 내 옆자리를 꿰차고 함박웃음을 지어 줬어.

"그럼 내일도, 모레도 내게 와."

이곳은 1년 365일 내내 네게 상냥할 테니까.
너는 그런 친구야.
양손이 부족할 정도로
달콤한 사탕을 모두 내어 주어도
하나도 아깝지 않은 소중한 사람.

항상 궁금했어요.

매일 같은 자리에서 나의 하루를 묻는 당신

내가 아닌 당신의 하루는 어떻게 흘러가는지.

그랬더니 당신은

"내 하루는 그쪽을 보며 흘러가지요."라고

나를 보며 담담히 말해 주었어요.

그러면 매일매일 와야겠다고 너스레를 떨자

당신은 전에 본 적 없는 웃음을 터뜨려

이 공간을 환하게 밝혀 주었어요.

둥글게 판 호박을 보며
해맑게 미소 짓는 네가 사랑스러워.

가을을 수놓은
요란한 주황색은 너를 위한 컬러.
집 안을 채운 촛불도
바깥을 구르는 낙엽도
모든 게 너의 날을 축복하는지
주홍빛이 수도 없이 날리고 있네.

빛나는 네가 나에게 닿으면

나는 눈, 코, 입, 심장에

튼튼한 팔다리까지 생겨서

뚜벅뚜벅 걸어 다니며

너를 위해 이 거리의 불빛들을

모두 켜고 다닐 거야.

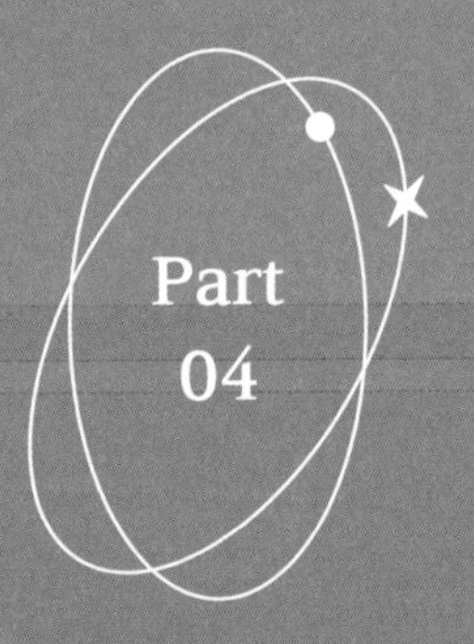

Part 04

따뜻한 마음을 너에게

따뜻한 수프를 마시며 아침 해를 보는 일은
너를 보는 것 같아.

너무 추워서 집에 가 버릴까 싶을 때.
다시는 이 혹독한 겨울을 오르지 않겠다고
틀림없이 다짐했을 때.

너랑 똑같이 생긴 아침 해가 떠오르면
얼었던 마음이 사르르 녹아
보글보글 좋은 온도로 다시 끓어오르지.

네가 해처럼 활짝 웃으면
'그랬지, 그랬었지.' 하고
내가 여기까지 온 이유를 다시 깨닫게 돼.

바람이 차요.

그래도 당신은 내 옆에 있네요.

온 세상이 하얗고

새어 나오는 숨결마저 희끄무레해도

눈을 맞추고

손을 맞잡고

커피나 코코아같이 몸을 녹일 만한

세상의 모든 달콤한 것들을

서로의 컵에 따라 주면서

더 따뜻한 온기의 색으로

같이 물들이며 살아요.

MERRY CHRISTMAS.

똑같이 눈이 오고
바람이 부는 날이라도
조금 더 설레는 날이 있잖아.
그건 기다림이 있기 때문일 거야.

침대 머리맡에 전구를 칭칭 감고
나무를 반짝반짝 채우는 날들.
앞으로 몇 밤을 더 자면
누군가 올 거라고 단단히 믿으면서
즐겁게 기다리는 법을 배웠었지.

누군가를 그리며 기다리는 건
설레고 두근거리는 일이라고
어릴 때부터 마음속에 심어 두었지.

서프라이즈!

상자를 열고 깜짝 놀랐어.

곱슬거리는 노란 털과

싱글벙글 웃고 있는 입

쫑긋쫑긋 둥근 귀를 가진 너.

그때 알았어.

너는 앞으로 오랜 날 동안

밤마다 내 우울한 비밀을 먹고도

아무 일 없다는 듯 웃을 수 있는 아이라는걸.

울다가 잠이 들면

푹신한 앞발로 내 머리를 쓸어 넘겨

조용히 토닥거려 줄 수 있는 아이라는걸.

이렇게 오랜 친구가 될 줄 알았다면

좀 더 소중하게 풀어 볼 걸 그랬어.

Merry Christmas!

아무도 나를 건드릴 수 없는 휴일.

일찍이 소란한 바깥은

말간 웃음소리,

두런거리는 말소리,

지각한 듯 다급한 발소리로 채워지고 있어.

그 소리에 도망치듯

다시 이불 속에 몸을 숨겨.

오늘은 하루 종일

소중한 친구와 따끈하게 뒹굴거릴 예정이니까.

졸업은 좀 더
드라마 같을 줄 알았지.
보이는 모든 것에 안녕을 고하면서
내가 그동안 꿈꿔 왔던
새벽 공기 같은 상쾌한 미래로
미끄러지듯 끌려갈 줄 알았지.

그런데 말이야
뜀틀을 하나 넘어 다음 날이 되었는데도
어제와 다를 것이 없어.
내가 생각했던 동요는 파도 정도인데
실은 풀 끝에 떨어진 이슬 정도야.
오늘도 나는 여전하고
생각했던 미래는 아직도 아득해.
끝이라는 건 생각보다 덤덤한 건가 봐.

붉은 장미를 떠오르게 만드는 모습에

무심코 “저기요.”라고 불렀어.

그 말에 찬찬히 고개를 드는 상황이

마치 영화 속 한 장면을 연상하게 만들어.

인정할게.

지금 나는 처음 만난 너에게 이유도 없이 빠졌다고.

짙은 장미 향을 처음 들이켜는 사람처럼

너한테 겁 없이 취해 순식간에 사랑에 빠졌다고.

겨울 오후의 카페를 좋아해요.

창가의 햇살은
당신이 한 번 접어 걸쳐 놓은
캐시미어 목도리만큼 부드럽고
모락모락 라떼 위 우유 거품 향과 온도를
온전하게 느낄 수 있으니까요.

그리고 또 눈앞에 있는 당신과
몇 시간이고 손을 맞잡고 있는 게
너무 자연스러운 계절이니까요.

수화기 속 통화 연결음을 들으며

너를 기다리는 마음.

뚜루루

지금 자고 있는 걸까.

뚜루루

집에 없는 걸까.

뚜루루

밥은 먹었을까.

이리저리 떠돌던 마음이

“여보세요?”라는 작은 소리 하나에 반응해.

모든 감각이 달싹 움직여 너만 바라보게 돼.

어떤 사람의 책상을 보는 걸 좋아해.

모든 것이 흠결 없이 정리되어 있는 모습도 좋고

단정치 못하게 저마다의 취향을 쌓아 올린 모습도 좋아.

각자가 좋아하는 것들로만 채운 공간이잖아.

네 책상은 어때?

그 책상에는 내가 있을까?

Love you♡
23.12.19. Yel♥

그 CD 케이스에는 기억 나지 않는
오래전의 연도가 적혀 있었다.
먼지를 털고 뒷면을 보니 적혀 있는 말.

'몇 년 후의 너는
어떤 모습이 되어 있을까?'

그 한 문장으로
나는 너를 어렴풋이 기억해 냈다.
희끄무레하게 색이 바랜 오래된 기억 속
너만은 선명하고 깨끗하게
바로 지금 앞에 서 있는 것처럼
CD를 건네주면서
나보다도 훨씬 더 말끔한 모습으로
그 자리에서 그대로 빛나고 있었다.

my friends♡
1997

쨍그랑.

낮의 빛이 산산조각 나고

날카로운 무지갯빛으로 빛날 때

그 순간이 마치 너 같아.

가끔 보이는 예민한 파편 같은 모습에

너는 누군가 베일까 남몰래 걱정하지만

미끄러지고 튀어도 넌 빛 그 자체인걸.

강하고 영롱하게 빛나는 네가 좋아.

누군가의 찡그림에 기죽지 말고

빛답게 꿋꿋이 세상을 비추었으면.

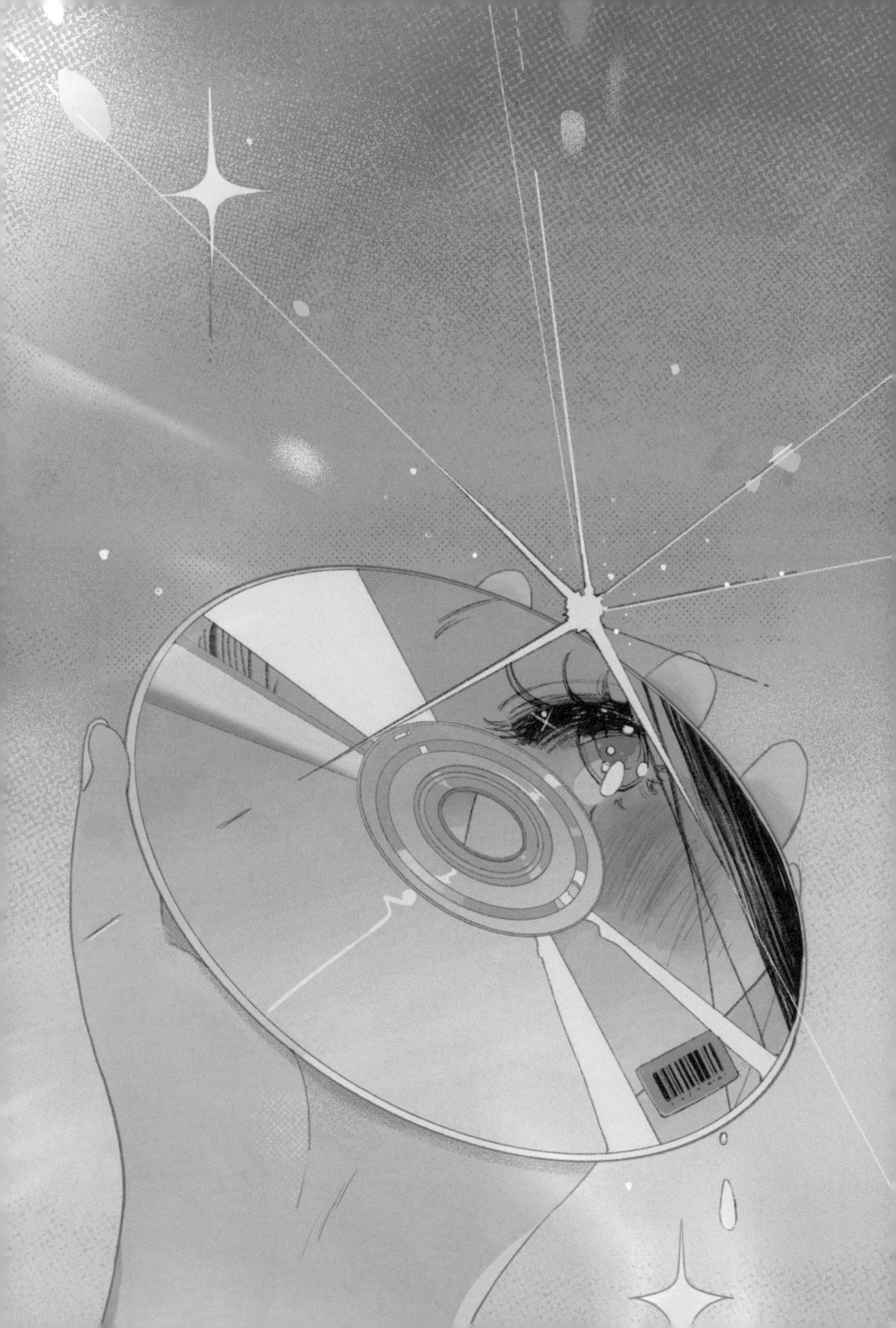

y of hearts.
SALE

초겨울 다리 위에서
나를 기다리고 있는 너를 보았어.
무심히 팔짱을 끼고
찬 바람에 맞서고 있었지.

나를 보고 싱긋 웃던 네 얼굴 위
드리우던 은은한 석양 그늘.

걸음을 옮기던 너에게
조금만 천천히 가자고 농담조로 말했어.
몇 시간 후면 우리는 따로 걷게 될 테니까.
그러면 이 장면이 사무치게 그리워질 거고
조금 더 붙잡지 않았던 걸 후회할 테니까.
미적미적 걸음을 늦춰 너를 잡았네.

눈이 와요.

춤을 추듯 새하얀 눈이 와요.

어두운 이곳을
환히 밝힐 도시의 불이 켜지고
얼어붙은 빙판 위
가지각색 빛이 수놓여요.
한참 동안 겨울을 가르다 보면
어느새 당신을 만날 시간이 찾아오네요.

딸기코가 될 정도로 시린
겨울밤도 낭만적이라고
설렘으로 따스하게 물들 수 있다고.
당신은 내게 사랑을 알려 줬네요.

집 안을 꽉 채운

따뜻한 아침 냄새.

어떻게 이렇게 일찍 일어나

준비할 수 있느냐고

신기한 듯이 물어보지만

말없이 웃으며

커피를 내리는 너의 사랑이

나를 포근하게 안아 주는 듯해.

MILK

다부진 얼굴을 하고 달려.

자유로이 날아가는 로켓처럼.

목표로 한 곳에 달려가는 일은

지치기는 해도 그 눈빛에 망설임은 없지.

내가 낼 수 있는 최대한의 속도로

그저 앞을 향해 달리면 돼.

다다른 그곳이 텅 비어 있다면

나만의 깃발을 만들어 꽂자.

그렇게 나만의 유일한 행성을 만들자.

77

CAUTION!
YOU MAY GET
LOST IN SPACE.
SPN

지금 출발하면
구름을 가르고
우주를 건너
한평생을 달려야
너에게 닿을 수 있을 거야.

얼마나 걸릴지 확신할 수 없지만
중요한 사실은 나는 출발할 거라는 것.

너라는 목적지가
내게 삶의 의미를 그려 주었어.

꿈속에서만 볼 수 있는 구슬은
너무나도 특별해서
간절히 바라는 소원만을 빌어야 하는
그런 마법 같은 구슬이야.

나는 이 구슬을 한참 들여다보다가
항상 마음에 품고 있던 감정을
나풀거리는 나비들과 함께 실어 보내.

나비들이 훨훨 날아
어딘가로 꼭꼭 숨어 버린 너를 찾아 줬으면 해.
운 좋게 찾는다면
거기서는 꼭꼭 네가 행복했으면 해.

준비물은 깜깜한 어둠
폭신한 이불과 잠옷.
잠을 청하면 꿈의 문턱에서
너에게로 갈 준비 완료.

붕 뜬 침대를 잡고
온 마을을 발치에 둬.
네가 있는 곳이 꿈속이라도
한달음에 갈 수 있어.

너는 그냥
맨발로 나와 나를 기다리면 돼.
그냥, 나를 생각하면서
잠에 들기만 하면 돼.

We wish you a merry Christmas

날이 추워지면

거리에서 울리는 종소리로

서로의 행복을 기원하는 시기가 왔구나 생각해.

풍선처럼 부푸는 마음을 안고

까치발을 들어 우체통을 들여다봐.

편지를 넣기 전에 잠시 멈추고 호, 숨을 불어 넣어.

'네가 올겨울에는 더 행복하기를.'

실은 너에게 매일 행복을 기도하고 있었어.

하지만 이 편지를 받고 훨씬 더 따뜻하길 바라.

소중한 사람을 위해

무언가를 만든다는 것은

아흔아홉 개의 케이크를 망친다해도

백 번째 성공한 케이크를

내어 주고 싶은 마음.

그중에서도 가장 예쁜 조각을 잘라

네 그릇에 덜어 주고 싶은 마음.

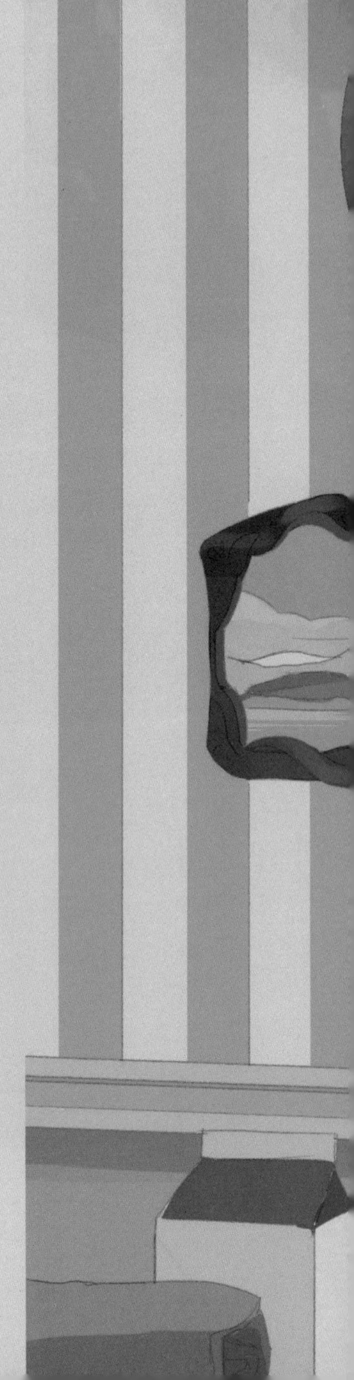

"있잖아, 제일 좋아하는 캐럴이 뭐야?"

눈이 펑펑 흩날리는 날
기분 좋은 울림에 자연스레 시선을 옮겼어.
환하게 빛나는 야경보다 선명한 너의 눈동자에
목 끝까지 차올랐던 답이 녹아내렸어.

쌀쌀한 이 밤을
가장 따뜻하게 밝힌 것은
너와 함께 흥얼거렸던 즉흥 멜로디.

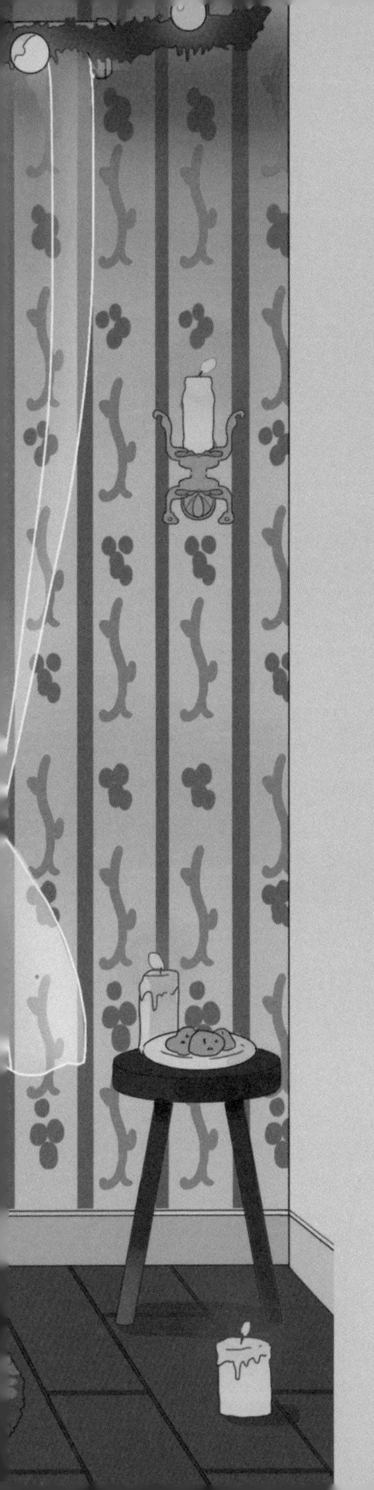

트리에 다는 오너먼트 하나에
너를 위한 바람 하나씩.

겹겹이 달린 작은 전구들이 켜지고
흰 눈송이가 세상을 뒤덮으면
문득 트리를 가득 채운 장식물을 발견해 버려.

너무 많이 달았나 싶지만
그만큼 네가 행복했으면 하는 바람이니까.
이 정도는 괜찮겠다 싶었어.

EPILOGUE

반짝임을 당신에게

저는 살면서 에필로그를 읽어 본 적이 손에 꼽습니다.
책의 에필로그를 읽는다는 것은 내용을 넘어
작가에 대한 관심을 가지는 거라고 생각해요.
그러니까 바로 지금 이 글을 읽어 주시는 분들께
첫 번째로 무한한 감사를 드립니다.
2016년, 대학생 시절부터
파스텔 소녀 시리즈를 제작해 왔습니다.
학생 시절부터 두 번의 회사를 거쳐
나이가 찬 어른이 될 때까지 항상 함께했어요.

그동안 그린 무수한 소녀들은
때로는 자아 투영의 대상이었고
때로는 좋은 부업의 대상이었으며
한때는 과거를 들추는 것 같아
더 이상 보고 싶지 않은 존재들이었어요.

우여곡절을 넘어 이제는 거의 가족이 되어
현재까지도 계속 그리고 있습니다.
'왜 그려야 하지?'의 경지를 초월한 듯해요.
앞으로도 이 정(情)을 기반으로
소녀들을 꾸준하게 그려 나갈 것입니다.

파스텔 소녀는 감성적이지 않은 제가 그리는
최고의 감성적인 그림입니다.
수없이 그린 익명의 소녀들에게 사람들의 눈길이 닿았을 때
주인공이 되는 일이 즐겁습니다.
보는 이들이 소녀와 눈을 맞추고, 배경의 색을 만지며
본인들의 사연이나 이야기를 덧붙일 때
비로소 '파스텔 소녀'가 완성되는 느낌이에요.

이 책에는 사람들이 나누는 두런두런한 느낌의,
그림에 얽힌 뒷이야기를 말해 주는 듯한
이야기를 싣고자 했습니다.
이 페이지 중 단 한 페이지라도 선뜻 마음에 드셨다면
저는 대성공을 한 셈이네요. 삶이 조금 피곤할 때
가볍게 기분 전환할 수 있는 책이 되면 좋겠습니다.

글의 경우는 하도 짤막하고 심플하게 써 대는 바람에
편집부 분들께서 고생을 많이 하고 도와주셨습니다.
딱 좋은 온도와 길이의 글귀가 완성되어
부크럼 출판사 직원분들께도 정말 감사드립니다.
묵묵히 지켜봐 주는 가족 엄마, 아빠, 동생, 사키와 하늘이,
그리고 이 그림을 좋아하는
아마 가장 어릴 독자 서아에게도 감사를 전합니다.

파스텔 소녀의 시선을 좀 더 다듬어
해 보고 싶은 게 많습니다.
이렇게 글까지 직접 쓴 출판물은 처음인데요,
이후 또 다른 새로운 콘텐츠로도 찾아 뵙고 싶습니다.

읽어 주셔서 감사합니다.
눈부신 반짝임이
당신의 마음 깊은 곳에 스몄으면 좋겠습니다.

반짝임을 너에게

1판 1쇄 인쇄 2024년 04월 11일
1판 1쇄 발행 2024년 04월 17일

지 은 이 산밤

발 행 인 정영욱
편집총괄 정해나
편　　집 박소정
디 자 인 차유진

펴낸곳 (주)부크럼
전　화 070-5138-9971~3 (도서기획제작팀)
홈페이지 www.bookrum.co.kr
이메일 editor@bookrum.co.kr
인스타그램 @bookrum.official
블로그 blog.naver.com/s2mfairy
포스트 post.naver.com/s2mfairy

ISBN 979-11-6214-489-3 (03800)